장소현 시집 6

사막에서 달팽이를 만나다

해누리

사막에서
달팽이를
만나다

초판 1쇄 | 2014년 8월 15일 발행

지은이 | 장소현
펴낸곳 | 해누리
고 문 | 이동진
펴낸이 | 김진용
편집주간 | 조종순
디자인 | 신나미
마케팅 | 김진용 · 유재영

등록 | 1998년 9월 9일(제16-1732호)
등록 변경 | 2013년 12월 9일(제2002-000398호)

주소 / 121-251 서울시 마포구 성미산로 60(성산동, 성진빌딩)
전화 | 02) 335-0414 팩스 | 02) 335-0416
E-mail | haenuri0414@naver.com

ⓒ 장소현, 2014

ISBN 978-89-6226-048-9 (03810)

죽어서도
편하게 눕지 않고
당당한
나무를 쓰다듬으며...

책을 펴내며

나는 바란다.
내 시들이 거칠고 깊기를… 텁텁한 막걸리, 보리밥 또는 현미밥, 탈바가지나 민화(民畵), 우아한 청자보다는 투박한 항아리나 뚝배기처럼.

나는 꿈꾼다.
내 시들이 강물처럼 천천히 굽이굽이 흐르기를… 쉬지 않고 낮은 곳을 향해, 가장 낮은 곳을 향해…

나는 간절히 바란다.
내 시들이 꾸미지 않은 모습으로 겸손하고 가난하기를… 낡은 옷 정성껏 빨아 입은 단정한 모습이기를.
내 시들이 치열한 척하지 않기를… 치열하게 살지 못했으니 시가 혼자서 치열할 수 없다. 나는 지금까지 죽을 뻔 한 일도, 목숨 걸고 무슨 일을 한 적도 없다. 신념을 위해 감옥살이를 할 용기도 없었고, 하다못해 데모 한 번 제대로 못해 봤다. 피로 시를 쓴 적도, 뼈를 깎아 글을 쓴 일도 없다.

내 시는 피가 아니다. 물이다, 그저 밍밍한 물…

나는 기도한다.
내 시들이 비록 허름해도 정직하기를… 더 이상 뻔뻔스
럽지 않기를…
속이 텅 비어 두드리면 낮고 둔탁한 소리로 울리기를,
사람냄새 울려 퍼지기를… 간절하여 마침내 사랑이기를.

책을 낼 때마다
나무에게 죄송스럽다.

　　　　　　　　이천십사년 가을
　　　　　　　　장소현 절

차 례

책을 펴내며 4

첫째 묶음: 이야기 시 몇 편

사막에서 만난 달팽이 12
허허벌판에 서서 21
목매나무 전설 25
고철상 장씨 30
가령, 우리가 34

둘째 묶음: 사람 냄새

엄마, 어머니 38
문득, 그러나 40

아이에게 배운다...41

비님 내리신다..42

무거운 내 이름...44

식물성 인간 45

가까스로 겨우 살기 46

거기 그저 그렇게.......................................48

마침표..50

있는 듯 없는 듯..52

변두리에서 54

뚝배기 하나 55

밥을 먹다가 56

역사는 곡선 58

사람이란 참 무엇이냐...................................59

벗들의 안부 60

부대찌개의 추억..62

뒷모습..65

썩지 않는 바다는 66

어린 시절 그 길 67

봄나들이 68

한가함 70

얼룩 71

끝내 쓸쓸하게 72

신호등 73

안경을 닦으며 74

그림자 77

잡초를 뽑다가 78

나무는 시인 80

철들기 82

사람 냄새 84

셋째 묶음: 글자 풀이

너와 나..86

몸 맘..87

우리말 우리글..88

말과 시..89

생각과 뜻..90

바른 소리로..91

옛 것..92

얼굴..93

쉬려거든..93

참기..94

근본..95

명품..96

물 흐르듯..97

하늘소리..98

쌀 많은 곳으로....................................99

십자가...99

아침은 향기로워라 100

넷째 묶음: 사람 풍경

그 어른의 원고 뭉치/ 위진록 선생...........................102

그리울 때는 그림으로/ 화가 김순련 선생................105

마음의 거울/ 안경 장인 김종영 회장 108

책 만들기는 영혼 농사/ 〈열화당〉 이기웅 발행인 113

숲, 축축한 그림자/ 화가 현혜명 118

딱 한 잔만 더/ 벗 김용만 126

첫째 묶음

이야기 시 몇 편

사막에서 만난 달팽이

어머니, 기억나세요? 달팽이 이야기
달팽이?
네, 사막 달팽이요.
글쎄… 몇 번인가 들은 것 같긴 한데… 기억이 영 가물
가물하네… 다시 한 번 해보렴.
그러죠, 몇 번이고 또 해드릴게요.

사막 헤매다 조그만 달팽이 한 마리 만났지요.
헤매다 헤매다 지쳐 쓰러져 있을 때
달팽이 한 마리 만났어요.
아 반가워라, 쿠웅딱
달팽이는 온 몸 이끌고 사막 건너고 있었어요.
서두르지도 않고 게으르지도 않게 온 몸 이끌고…
햇살 쨍쨍 뜨겁고 모래바람 쌩쌩 사나운데
달팽이는 조금씩 아주 조금씩 앞으로 앞으로
고집스럽게… 쿵딱!

사람들은 흔히 사막이라면 영화장면이나 어린 왕자의

무대가 된 멋진 금빛 모래밭을 떠올리지만, 사실은 그렇지가 않다네요. 사막이란 말이죠, 비가 내리지 않아 황량하게 메마른 땅을 말하는 거랍니다. 그러니까 세상에 목마른 땅은 모두가 사막인 셈이예요. 목이 타서 물 좀 달라고 외치는 소리 들리는 땅은 모두 사막이랍니다. 혹시 그런 아우성 소리 들리지 않나요? 아, 목 마르다… 꿍따악.

물이 없어 너무 심심한 땅, 너무 외로워 모든 것 바스라지는 땅, 돌(石)마저 잘게(少) 부서져 모래(砂) 되는 막막한 곳… 그림자마저 하얀 땅…

그런 땅이 무섭게 늘어나고 있다네요, 자꾸만 늘어나고 있대요.

그런 사막 한 가운데서 달팽이 한 마리를 만난 거예요.

-어이 친구, 반가워. 지금 뭘 하고 있는 거니?

-사막을 건너고 있는 중이지요.

-이 넓은 사막을? 말도 안 된다.

-말도 안 된다뇨? 못할 거 없죠. 어떤 사람은 산을 옮겼

다던데… 내가 못하면 우리 아이들이 하겠죠.

-어디를 향해 가는 건데?

-그저 물 냄새 따라 가는 거예요. 가만히 귀 기울이고 마음 모으면 축축한 물냄새 맡을 수 있어요. 물냄새는 바람 타고 오거든요.

-힘들지 않니?

-힘들죠. 외롭고 괴롭고 두렵지요. 그래도 가야 해요. 힘들면 쉬었다 가지요. 그래도 가야 해요. 서두르지 않고 게으르지 않게 차근차근… 땅 밟으며 기어서 차근차근… 내겐 날개가 없으니까요…

-힘들면 쉬었다 간다구? 어디서 쉬는데?

-그래서 집을 메고 다니는 거예요. 무겁지만 이렇게… 내 집 안은 아늑하지요. 어머니 자궁처럼 포근해요. 아주 조금이지만 물도 있고… 내 집은 사람들 집처럼 어처구니없이 크지 않아서 이렇게 가지고 다닐 수 있어요. 사람들은 왜 그렇게 큰 집을 탐내는 거죠?

-글쎄… 잘 모르겠는데…

-자기가 대단히 큰 존재라고 생각하는 모양이죠, 뭐.

-사막을 건너면 뭐가 있지? 거기 천국이라도 있나?

-천국? 몰라요. 그런 건 생각해본 적 없는데요. 그런 걸 따지는 건 아주 건방진 일 아닐까요. 그냥 가는 거예요. 가는 게 중요해요. 내가 기어온 길에 하얀 줄 남기면서 앞으로 또 앞으로 가는 거예요. 우리 아이들이 길 잃지 않도록 하얀 줄 남기면서… 사실은 나도 우리 엄마가 만들어 놓은 길 따라 여기까지 왔거든요.

이제부턴 나 혼자서 외롭게 길을 만들며 가야해요.

우리 엄마가

죽었거든요.

그래서 그립고 외롭고 무섭지만…

하지만 햇님도 계시고 달님도 그윽하고 별님들 반짝이고… 바람도 살랑살랑 물 냄새 실어오니 그렁저렁 견딜 만해요. 고향생각 사무치는 외로운 밤이면 하늘 우러러 별을 봐요. 은하수는 눈물강이거든요, 아주 축축한… 가끔 노래도 불러요. 노래 부르면 힘이 나요. 덩기덩기 쿵딱.

-노래? 무슨 노래?

-들어도 모르실 꺼예요. 사람들 귀에는 들리지 않으니까요.

좀 비켜주세요. 내 갈 길 막고 서있지 말고…

-우리 같이 가자.

-우리? 같이?

-그래 우리 같이, 너랑 나랑 같이…

-그러시던가요.

-힘들 텐데 내가 데려다줄까? 아무래도 너보다는 내가 빠를 테니…

-천만에요. 이건 내가 가야할 내 길인걸요.

-내 길? 내가 가야할 내 길…

-그리구… 중요한 건 빨리 가는 게 아니예요.

<2>

돌이켜보면 너무 오래, 쿵딱
사막에서 살았다. 쿠웅따악
내가 원해서 온 곳이긴 하지만

16

목마른 땅에서 너무 오래 견디느라
마음바닥 타서 험하게 갈라지고
선인장처럼 사나운 가시만 돋아. 쿵쿵 딱딱 쿵쿵탁

오늘도 비 소식 없고
풀 한 포기 없이
시원한 그늘도 없이…

이 사막에서
내가 한 일이라곤
물을 돈 주고 사먹는 일뿐.
강물 끌어오거나 우물 팔 생각은
아예 하지도 않고 그저 남들 다 하는 대로
돈 주고 물 사먹는 일뿐.
그저 사먹는 일뿐. 쿠웅딱

오늘도 끝내 비 소식 없고.

\<3\>

아차! 사막에서 달팽이를 놓쳤네요. 아침에 일어나 보니
없어요. 동 트기도 전에 벌써 길을 떠난 걸까? 같이 가자
더니 혼자 떠나버린 건가? 달팽이가 남겼을 하얀 줄 찾
아봤지만, 모래 바람에 쓸려 찾을 수 없네요. 물냄새도
도무지 맡을 수 없네요.
달팽이는 어디로 간 걸까?
어느 풀섶에서 쉬고 있나,
어느 그늘에서 한숨 자고 있나…

설마 죽지는 않았겠지. 쿵쿵 딱 쿵쿵
설마 죽은 건 아니겠지…

\<4\>

달팽이는 온 몸으로 기어서 사막 건너
어디로 가는 걸까?

무거운 집 등에 지고 어디로?
어디로가 중요한 건 아닐지도 모르지

날마다 이민 떠나는 달팽이는…

달팽이 찾아 나선다
사막 한 가운데로.
오늘도 비 소식 없고. 쿠웅 따악 쿵딱

까마득한 옛날, 사막 생긴 뒤로
얼마나 많은 달팽이들이
사막을 건너고 건너고 건너고 또 건넜을까
덩기덩기 쿵딱

사막은 자꾸만 넓어져만 가는데
달팽이들은…

\<5\>

야, 얘기가 너무 슬프구나. 그 달팽이 지금 어디 있을까?

사막 건너고 있겠죠, 뭐. 부지런히…

그래야지, 건너야지… 죽진 않았겠지?

그럼요! 죽으면 안 되죠! 어머니, 죽으면 안 돼요.

너도 부디 조심해라. 잔꾀 부리면 사막 건널 수 없는 법
이거든…

허허벌판에 서서

그리고
기차는 조용히 멈춰 섰네.
깜박 잠이 들었던 걸까
창밖 내다보니 아무것도 없는
허허벌판
하늘은 금방이라도 울음 터트릴 듯 음산하고
눈이라도 한바탕 퍼부을 듯 칼바람 시린데
아무도 아무것도 없고…
밤 깊어가는 걸까, 어둡고
동 트려는 걸까, 밝은
허허벌판

어두운 듯 밝은, 밝은 듯 어두운
허허벌판

그리고
문 털컹 열리고, 찬바람 밀려들고, 천둥처럼 울리는
목소리

-다 왔으니 내리시게.

-여기가 종착역인가요? 내가 갈 곳은 여기가 아닌 것 같은데요…?

-종착역? 그런 것 없다네. 가다가 그냥 멈출 뿐이지. 말해도 못 알아듣겠지만, 목적지 없는 여행이 가장 아름다운 법이라네.

-같이 있던 사람들은…?

-그런 건 없어. 동행 같은 건 처음부터 없었어. 이 기차는 당신만 태우고 달려왔으니까.

-나 혼자서…?

-사람은 늘 혼자지. 세상 모든 건 다 혼자야. 나무도 풀도 꽃도 짐승도 새도… 다 늘 혼자야.

-늘 혼자?

-칭얼대지 말고 어서 내리시게. 또 다른 사람을 태워야 하니까.

그리고
기차는 칙칙폭폭 떠나가고

허허벌판에 혼자 남아
아무도 아무것도 없는
어두운지 밝은지도 잘 모를
허허벌판에 아득하게 남아
혼자 남아…

그리고
사방 둘러보니… 아, 반가워라
저 멀리 아득한 저기에
불빛 하나 가물가물
오라고 어서 오라고
손짓하는 불빛 하나 따스하게
허허벌판에도…

그리고
다시 걷기 시작했네
흔들리는 불빛 바라보며
가물가물 허허벌판

아득하기도 하여라.

어디로 가버렸나
내 그림자는…

목매나무 전설

옛날 내가 살던 마을에 뜬구름이라는 별명을 가진 할아버지가 계셨는데요. 별명이 왜 뜬구름인지는 아무리 생각해도 모르겠는데, 아무튼 볼품은 허름해 보여도 부처님 가운데 토막 같은 어른이었지요. 살아 있을 땐 외롭고 누추하고 가난했으나, 하늘나라에 가서는 어쩐 일인지 커다란 감투를 쓰셨다는데요. 그 감투가 어지간히 크고 무거웠다지요.

하늘나라 입구에서 척 눈에 뜨이는 곳 커다란 책상에 앉아, 올라오는 사람들 극락 보낼지 지옥으로 떨어트릴지 정하는 자리였다니 엄청 크고 무거운 감투지요.

네 이놈 네 죄를 네가 알렸다, 지옥 불가마가 네 자리다. 허허 당신은 어지간하셨으니 위로 오르시지요.

처음엔 신바람 났다지요. 한 인간 영혼의 앞날을 자기 마음대로 정하는 자리니 으시댈 만도 했을 거예요. 처음 얼마간은 겁도 조금 났지만, 하다 보니 금방 알겠더라나요. 척 보면 너는 지옥 불바다행, 당신은 천국행…

한번만 잘 봐주십사 굽실대는 인간도 많고, 슬그머니 뇌물 안기려는 인간도 많았지만 전혀 흔들리지 않고 대쪽같았다지요. 어쩌다 절세미인 눈웃음에도 육탄공세에도 까딱없었다는데요.

하지만 저 세상 일이라고 어디 그렇게 간단한가요? 이세상에서도 저 세상에서도, 세상에 쉬운 일 하나도 없지요. 정직한 분들의 증언에도 나와 있어요.

위로 보낼지 아래로 보낼지 정하기 애매한 영혼들이 올라오는데… 그런 영혼을 만나면 등골이 오싹해지곤 했다네요. 그런 판결하기 애매모호 아리숭한 영혼이 심심치 않게 올라오더래요. 서양식으로 말하면, 파우스트인가 하는 영감 같은 영혼 말입니다. 참 애매하지요.

시험 점수로 정할 수도 없고
영혼의 무게를 재는 저울이 있는 것도 아니고
음주측정기처럼 불어보라고 할 수도 없고…

어쩌면 공정하게 일 잘 한다는 소문이 나는 바람에 그런 애매한 영혼을 이쪽으로 자꾸 보내는지도 모르겠는데요, 그렇다고 불평을 할 수도 없는 일이지요. 정말 정하기 어려운 때는 윗분들에게 보낼 수도 있지만 마냥 그럴 수는 없는 노릇이고요.

그렇게 자신 없이, 애매한 영혼 갈 곳을 정해주고 난 날엔 영락없이 잠자리를 뒤척이게 되었더랍니다. 살아서 제 대접 못 받았으면 이제 영혼이라도 제대로 공정한 대접을 받아야 억울하지 않을 거 아닙니까. 그런데 제대로 판단하지 못해 원통한 영혼이 생긴다면 그거야말로 정말 못할 짓이지요. 안 그래요?

헌데, 어쩐 일인지 그런 애매한 영혼들만 꾸역꾸역 자꾸 올라왔다지요. 불확실성의 시대라서 그렇다는 설도 있고, 워낙 위장술들이 교묘해져서 그렇다는 이야기도 있는 모양인데… 확실한 건 모르겠어요.

또 어떤 공부 많이 한 이의 설명에 따르면, 인간들이 자신의 영혼에 대한 확신이 없이 대충대충 사는 풍조가 만연하다보니 그런 현상이 생겼다고도 하는군요. 하긴 영혼이라는 것이 있는 것조차 모르고 사는 인간이 너무 많은 세상이지요.

또 다른 학설에 따르면, 악마들이 돈으로 모든 인간의 영혼을 사버렸기 때문에 그처럼 어지러운 지경이 되었다고도 하는데요. 하긴 그렇지요, 영혼이 아예 없는 인간을 상대로 위로 가라 아래로 떨어져라 판단내리는 것 자체가 말이 안 되는 일이지요.

아무튼 미칠 지경이었다는군요. 도저히 더 감당하기 어렵다고 사표를 올려봤지만, 마땅한 인물이 없어서 그러니 조금만 더 견디라는 말씀만 내려오고…
견디다 견디다 못한 뜬구름 할아버지는 도루 세상으로 내려와 버리고 말았다지요. 죽기 아니면 살기라는 심정이었겠죠.

그리고 그믐날 캄캄한 밤
동네 앞 천살이나 잡수셨다는

동수(洞守)나무에
목을 매셨다는군요.

그 뒤로 마을사람들이 그 동수나무를 목매나무라고 불렀다는군요.
그렇게 하늘나라로 다시 올라간 뜬구름 할아버지가 어떻게 됐는지는 아무도 모르고요, 왜 그런 까다로운 일이 할아버지에게 맡겨졌는지도 알 수 없는데요. 목매나무는 지금도 푸르게 살아있지요.

아무튼 세상엔 아리송 애매모호한 영혼이 너무 많아요.
오락가락 애매한 영혼이 많은 세상은 좋은 세상이 아니라고 누가 그러데요.
정말 그런가요?

고철상 장씨

고철상(古鐵商) 장씨네 집 뒷켠에는 특별한 헛간이 하나 있는데요. 그 안에는 철사 짜르는 연장이 하나 가득 들어 있지요. 철사 자르는 연장들…
뭐에 쓰려고 이렇게 잔뜩 모았느냐고 물으면 털보 장씨는 그저 씨익 웃어요. 그러다가 술이라도 한 잔 얼큰해지면 띄엄띄엄 털어놓지요.

우리 아바지 때부텀 모은 거야요. 거저 눈에 보이는 대로 버리지 않고 모았더니만… 세월이 흐르니 이렇게 많이 쌓였구만 그래. 일부러 모은 게 아니구 그저 버리지 않은 거야요.
뭐에 쓰시려구?
우리 아바지 소원이라서… 우리 아바지가 삼팔따라진데 고향타령이 유달리 요란했지. 우리 아바지레 생전에 술만 마시문 노랠 불렀지, 통일 되는 날 온 사람들이 모두 달려들어개지구 삼팔선 철조망 짤라내면 얼마나 신나겠나, 얼마나 좋겠나, 덩기덩기 춤추고 노래하면서 말이디… 그때 쓸라구 모으기 시작했다는구만, 삼팔선 철조망 잘라내는데 쓰자구 말이야요.

기르니까 독일 베를린 장벽 무너지기보다 한참 전부터 모았으니… 한참 됐구만…

우리 아바지레 그 독일 사람들이 망치루다가 베를린 장벽 깨부수는 장면 데레비에 나오는 거 보면서 아주 미치시두만… 왕왕 통곡을 하는데…

야 저거 보라, 저거 보라우. 저렇게 신바람 나는 잔치가 세상에 또 어디 있갔네, 야 통쾌하다, 통쾌해! 가슴이 뻥 뚫리누나야! 우리는 뭐하는 거이가, 도대체 뭐 하구 있는가 말이야! 야 술 좀 더 사오라우, 이렇게 기쁜 날 안 마시문 언제 마시갔네… 날래 사오라우

거 뭐이가 그 베를린 장벽 앞에서 베토벤 합창 연주하는 거 보구는 우리 아바지레 그냥 초죽음이야요. 우리 아바지레 그런 어려운 거 알아들을 리가 없는데 말이디. 거저 눈물이 수돗물처럼 좔좔 흐르두만…

그러다가 잠들면 잠꼬대를 하시는데 벼락 같이 통일 하라우, 날래 하라우 소리치니 벌떡벌떡 잠 깨는 거라.

홧김에 윽박질렀지, 꿈 깨시라요, 어린애 같은 헛꿈 그만 깨시라요! 모질게 그러곤 했는데…

아바지 돌아가시구나서⋯ 나두 철사 끊는 연장만 보문 버릴 수가 없두만⋯ 아주 어렸을 때부터 버릇이 돼서 말이지⋯ 그러다보니까 이렇게 쌓였구만⋯

일부러 사 모은 거이 아니구, 거저 버리지 않은 거이지⋯ 살림이 어려울 때두 저건 팔 생각이 안 나두만⋯ 허허⋯ 우리 아바지 꿈인데, 저거이⋯

통일이 어느 세월에 되겠냐구? 그런 거야 내가 어찌 알겠나⋯ 하지만 되긴 꼭 되겠지, 뭐⋯ 안 되문 안 되는 거이니까⋯

그때까지 그냥 모아야지, 뭐. 가만히 있는 거보다야 낫지 않나. 뭔가 해야지, 그저 구경만 하지 말구 말이야요. 아이구, 허리가 그렇게 모질게 묶였으니 얼마나 아프시겠나⋯

고철상 장씨네 특별 헛간엔 철사 짜르는 연장들 한 가득⋯ 나라 허리 가로막은 철조망 끊는데 쓰일 날 기다리면서, 신바람 나는 잔칫날 기다리면서⋯

생각해보시라요, 남한 사람하구 북한 사람들이 온통 달

32

라들어서 덩기덩기 춤추며 얼시구나 좋다 노래하면서 철조망 잘라내면 얼마나 좋겠나.

우리 아바지하구 내가 모은 이 연장들이 녹슨 철조망 짜르는데 쓰인다 이 말씀이디! 좋다!

다 잘라낸 다음엔 어쩌냐구? 그거야 훌륭한 사람들이 할 일이지! 녹여서 커다만 종을 만들든지, 평화 조각상을 만들든지 알아서들 하겠지 뭐…

나도 어쩌다가 철사 짜르는 연장 눈에 보이면 차마 버리지 못하고 고철상 장씨네로 들고 가서… 간 김에 막걸리 한 잔 나누며, 철조망 끊는 연습도 해보고 하는데요. 통일이 되기는 되겠죠?

요새도 고철상 장씨 만나 한 잔 걸치고 오는 날에는 통일 꿈을 꾸곤 하는데요. 덩실더덩실 춤추며 얼씨구 사랑이야 노래 부르며 녹슨 철조망 짜르는 꿈을 꾸는데요. 동강동강 짜르다 잠 깨곤 하는데요…

통일이 되기는 되겠죠!

가령, 우리가

<1>

가령, 우리가 잉그마르 베르히만이나 미켈란젤로 안토
니오니의 흑백영화에 나온 것 같은 텅 빈 거리에 쓸쓸하
게 서 있을 때, 쓰레기 조각만 바람에 날리는 황량한 거
리, 그림자마저 나른한 그 거리를 비쩍 마른 개 한 마리
지겨워 죽겠다는 표정으로 어슬렁어슬렁 지나갈 때…

부르르 진저리 치며 생각한다
툭하면 외롭다고 투덜대는 건,
걸핏하면 징징대는 건
사람 할 짓이 아니다

나른한 그림자 안에 신이 계실지도
모르는데…

<2>

가령, 어느 날 느닷없이 우르릉 쾅 천지개벽. 이 땅의 모
든 나라와 국경과 무기와 철조망과 정치 지도자와 이념
대결… 그런 것들이 깡그리 사라져 버리고, 자기 살고 싶
은 곳 어디서나 마음대로 살 수 있게 되었을 때 우리는…

내 것 지키려고 담 높이 쌓고
철조망 치고, 유리조각 촘촘히 박고
숨겨둔 돈 쓸 곳 찾아 두리번거리며
내 편 찾기 바쁘겠지…
두목도 시급하게 뽑아야 하고…

모든 게 마음에서 비롯된다는 말씀
어찌 잊었나, 이 사람아
개벽도 마음에서부터

\<3\>

가령, 세상 사람들은 거의 모두가 자신은 억울한 피해자
라고 생각한다는데, 어떤 통계에서는 90% 이상이 스스
로를 피해자라고 단정한다는데, 심지어 감옥에 있는 자
들도 거의 모두가 억울한 피해자라고 생각한다는데…

피해자는 넘치게 많은데
가해자는 하나도 없는
세상의 이치
참 오묘해, 정말 대단해.

둘째 묶음
사람 냄새

엄마, 어머니

내 동생들과 나는 엄마라는 말을 모른다. 사람이 태어나
가장 먼저 배우는 말이 '엄마' 라는데, 우리는 처음 말 배
울 때부터 어머니라고 배워 평생 엄마라고 불러보지 못
했다. 어렸을 적엔 당연히 엄마라고 부르다가 언제부터
어머니라고 올려 불러야 할지 고민하는 친구들이 이상
하고, 때로는 부럽기도 했다.

"엄마, 조심해" 70대 노인이 90 넘은 어머니 모시고 길
을 건너며 큰 소리로 했다는, 그 말 듣고 문득 눈물이 나
더라는 어느 작가의 글 읽으며 생각한다.

"엄마, 조심해"

아, 어머니라는 말과 엄마라는 말 사이는 얼마나 먼 것
일까? 축축한 어리광 같은 것…

아빠라는 말 한 번도 못해보고 이 나이 되었다.

아이들은 나를 아빠라고 부르고, 그 말 듣고 나는 포근
해지는데… 나는 아버지를 한 번도 아빠라고 불러보지
못하고 이 나이 되었다.

아버지와 아빠 사이는 또 얼마나 멀까?

마치 몰락한 양반집 자제들처럼 깍듯한 존댓말만 쓰며
우리는 애어른처럼 자랐다. 어리광이나 투정 같은 것 모
르고 자랐다. 존댓말로 부리는 투정이라니, 깍듯한 어리
광이라니…
엄마와 어머니 사이의 거리.

나이 들어 겨우 알았다. '하나님 아빠' 라고 부르지 않아
도 얼마든지 믿음 그윽할 수 있고, '토벤아 노올자' 칭
얼거리지 않고도 음악 속 깊숙하게 사랑할 수 있다는 걸.
그래도 아련하게 그리운
어리광 같은 것.

아이들의 귀여운 기도소리에
하늘 껄껄 웃으며 밝아온다.
"하나님 아빠, 감사하미다. 사랑해요.
아아메엔"

문득, 그러나

글을 쓰다가 문득 궁금한 것 있어
버릇처럼
전화기 들어 익숙하게 번호 누르다
멈춘다.

아, 어머니는 이제
안 계시지.
지금 어머니 계신 곳에는
전화가 없지

눈가 물기로 축축히 흐려지고

궁금한 것, 막막한 것 있으면
이제
어디다 물어봐야 하나?
문득 어지럽다.

아이에게 배운다

시집간 둘째 아이가 전화를 걸어왔다
　"아빠, 오늘이 할머니 돌아가신 날이예요. 기억하고 있
어요?"

아 세상에 이렇게
아름다운 영혼도 있구나
눈물 흐른다

그렇게 아이에게 배우며
늙어간다. 나이만 자꾸 먹는다.

그래 네 덕에
할머니는 오늘도 안녕하시단다.
고맙다. 정말 고맙다.

그렇게 하늘 올려다보며
아이에게 배우며
나이만 먹어간다, 속절없이.

비님 내리신다

우리 어렸을 적에는 목욕탕 있는 집이 별로 없었지. 공중 목욕탕도 명절날에나 벼르고 별러서 가곤 했었지.

어렸을 적 우리 집에도, 당연히, 몸 씻을 곳 따로 없어서, 비 오시는 날 밤 알몸으로 밖에 나가 비 가운데 서서 묵은 때 벗겨내고 한 허물 시원하게 벗곤 했지. 땀구멍마다 빗줄기 내려꽂히고 억수로 퍼붓는 소낙비에 온몸 얼얼해지면, 뼈 속까지 얼어들면 고래고래 노래 부르며… 그러면서 조금씩 자랐지, 아주 조금씩…

혹시 그때 그 빗줄기가 시(詩)였더라면
하늘에 맺혔던 시가
빗방울 되어 내렸더라면
나도 한결 옹골차게 영글었을 텐데
하늘에 가득 찬 시가
찬란하게 내려오셔
내 야윈 알몸 때리며
숨구멍마다 스며들었더라면…

사막에 사노라니 비님 더욱 그립다
어쩌다 내리시면
내리셔 마른 땅 흠뻑 적시면
반갑고 고마워 큰 절하고
창문 활짝 열고 빗소리 듣는다
어렸을 때 그랬던 것처럼
알몸으로 뛰어나가 온몸으로 맞고 싶은데
차마 그러지는 못하고

아, 시(詩)님 내리신다
창문 열어라 활짝

지금 내게 필요한 건
온 몸 얼얼하도록
흥건한 시 세례,
시(詩)님 내리신다
창문 활짝 열어라.

무거운 내 이름

부모님 지어주신 내 이름 너무나 커
너무 크고 무거워.
내 이름은 베풀 장(張), 바탕 소(素), 어질 현(賢)
어진 바탕으로 베풀라는 큰 뜻인데
어질기는커녕…

죽기 전에 이름값 조금이라도
아주 조금이라도
할 수 있으려나
소박하고 어질게 조금이라도 베풀 수 있으려나
갈 길 멀고 시간 없는데

이름값 나이값
모두 빚이지 뭐
무거운 빚더미 짊어지고
오늘도…

식물성 인간

아무리 생각해봐도 나는 식물성 인간
움직이지 않고 한 자리에 붙박이로
미련하게 뿌리 박고
바람결에 세상 소식 들으며
낮에는 해 바라기
밤에는 별 우러르기

가고 싶어도 갈 수 없고
오고 싶어도 오지 못하고.

그래도 바람 서늘하면
새들 편에 세상 소식 다 듣고
가고 싶은 곳 다 가는
나는
떠돌이
식물성 인간.

가까스로 겨우 살기

죽기 전에 하고 싶은 일들 주섬주섬 적어본다
뭐가 이리 많아?
꼭 하고픈 일만 남기고 박박 지운다
흠, 많이 줄었군!
죽기 전에 꼭 해야 할 일들 조심조심 적는다
몇 가지나 되나?
죽기 전에 반드시 해야 할 일
하지 않으면 안 될 일만 남기고 벅벅 지운다
달랑 한 가지만 남네
가장 어려운 것 한 가지만 남네
정직하게 열심히 살 것

지난 날 되돌아보면
가슴 벅찬 순간도 조금은 있었지
어쩌다 아주 조금.
옷 벗어 탈탈 털어보면
흥건한 서글픔 가운데 반짝이는
작은 쪼각들, 별처럼 수줍게

초롱초롱 빛나는
행복 비슷한 부스러기들…

그래 이만하면
그런대로 아름답게 고맙게
잘 살았노라고 말하고 싶어지기도 하는데

누군가 말했지
가까스로 사는 것이 가장 잘 사는 것*이라고.

* 아동문학가 권정생 선생의 말씀

거기 그저 그렇게

주위에 대단한 사람 너무 많아
고개 바짝 세우고 뻐기는 사람들 틈에서
움츠러들어, 쪼그리고 앉았더니
거기 마른 돌바닥 틈새
작은 풀꽃 방끗 웃네
　"너는 이름이 뭐니?"
　"이름? 그게 뭔데? 난 그런 거 없어"
　"왜 구석에 웅크리고 숨어 있니?"
　"구석? 그게 뭔데? 여기가 본래 내 자리야"
　"그렇구나, 거기가 바로 네 자리로구나…"

내 자리는 어딘가?

그 꽃 이름도 몰라 미안했는데,
이름…
사람들이 멋대로 붙인 것.
허망한 고유명사.
아름다움에는 본래 이름이 없는 법

그저 거기
있을 뿐, 살아있을 뿐.

불러주지 않아도 꽃은 꽃.

마침표

문장은 대개 마침표로 끝난다. 더러는 느낌표나 말 없음
표, 물음표로 끝나기도 하지만 대개는 마침표로 끝난다.
했다. 한다. 할 것이다.
하지만 우리네 인생은 똑 떨어진 마침표로 옹골차게 끝
나지 않으니, 그저 물음표 또는 말 없음 표,
했나? 하면서… 했으면…
마침표 하나 자신있게 찍기가 그렇게 어렵다.

내가 쓰는 글은 보나마나
미완성이겠지. 쓰다가
마침표 없이 툭 끊어져버려
멈춰버린 메마른 문장들, 마침표도 없이 엉거주춤

사람 누구나 다 마찬가지라네, 이 사람아
친구의 그 말 한 마디에
슬며시 웃네.
그래, 미완성인들 어떠랴,
말 없음 표라도 자꾸 찍으며

쓰고 또 쓰다 보면
마침표 없을지라도…

잠깐,
사람 누구나 다 마찬가지일까?
정말로?

있는 듯 없는 듯

오늘도 또 하루를 덧없이 그냥 보냈네요
죄송합니다
날마다 반성문만 쓰는 꼴
부끄럽지만
어쩌나요

하늘나라에서는 훤히 다 보이시죠
사람 하나 찾아주세요
있는 듯 없는 듯
향기로운 사람 하나

혹시 여기 사람 지나가는 거 못 보셨나요?
사람? 저 물결이 다 사람일세. 안 보이나?

혹시 여기 사람 지나가는 거 못 보셨나요?
사람? 개미새끼 한 마리 얼씬 거리지 않는데
사람은 무슨 사람!

사람 같은 사람 찾는다는
판에 박힌 말일랑 하지도 마시게나
있는 듯 없는 듯
향기로운 사람, 그런 사람
나도 찾고 있으니
혹시 만나거든 내게도 슬며시 알려주시게나
누군가 말했지
그냥 거기 그렇게 없는 듯 있는 것이
사랑이라고,
하지 않음으로써 하는 것이
사랑이라고.*

그러니까
아무 소리 말고 그냥 생긴 대로
그렇게 살게나
이 못난 사람아!

*이 아무개 지음 〈지금도 쓸쓸하냐〉에서

변두리에서

꿈 찾아 또는 그저 살아남기 위해
물 건너 하늘 넘어 온 변방은
늘 쓸쓸하고 축축해도
어쩌다 바람 앞에 벗고 서서
되돌아보면
참 까마득하다

아득하면 되리라.

생각해보면
꼭대기 되어 본 적 한 번도 없다
늘 골짜기 그늘처럼 춥게 살았다.

봉우리 근처 사정 알 길 없지만
그다지 궁금하지 않고
골짜기는 골짜기대로
아주 잠깐 드는 햇볕 고마워하며

참 아득하면 끝내 되리라.

뚝배기 하나

허름한 뚝배기 하나 빚고 싶어
백두산 흙
한라산 흙
합토(合土)해서
동해바다
서해바다
합수한 물로 정성껏 반죽해
널문리 한 가녘 오래 된 가마에서
지리산 나무 묘향산 나무로 불 때
금강산 나뭇재 넉넉히 입혀
투박한 뚝배기 몇 개
형제들 둘러앉아 넉넉하게
밥 담아 먹을
막걸리 넘치게 그득 담아 시원하게 마실
정겨운 뚝배기

밥을 먹다가

밥을 먹다 문득 한 시인의 시가 떠올라 목이 메었네.
언젠가 큰 흉년 들었던 해 북한에서 보내준 쌀로 밥을 지
어 먹다가 그만 울컥했다는 시…

경상도 사람들은 쌀을 살이라고 발음한다.
맞다, 쌀은 살이다.
쌀이 물과 불을 만나 어우러져 밥이 되고
끝내는 우리 살이 되는
그래서 쌀은 살

여든 여덟 번
허리 굽혔다 펴기 여든 여덟 번
온 몸 땀으로 흠뻑 젖기 여든 여덟 번
하늘 우러러 기도하기 여든 여덟 번
그렇게 태어난 쌀은 살

해마다 또는 끼니마다
남한쌀과 북한쌀 섞어

밥 지어먹으며 살다보면
어느 날엔가는 드디어
자연스럽게…

역사는 곡선

역사는 어쩔 수 없이 곡선이다.
강물처럼 굽이굽이
낮은 곳 찾아
서로 양보하며 유장하게 흘러가는
부드러운 곡선이다
역사는 당연히 직선보다 강인한
곡선이다.

그러므로 역사는
연필로 꾹꾹 눌러 써야 한다.
치지 말고, 써야 한다
역사만은 제발…

사람이란 참 무엇이냐

저녁 무렵 노을 바라보다가
문득 부끄러워
그림자에 몸 숨길 때

그림자 웃으며 말 걸어왔는데
미처 알아듣지 못 했네

곰곰이 되씹으니
 "사람이란
사람에게 무엇이냐?"는 말씀

그래
알아듣지 못하길
차라리 잘 했지.

벗들의 안부

되돌아가 보고픈 시절이 내게도 있지.
철없던 학생시절
무거운 짐 지지 않고 누리기만 하던 그 시절.

혹시는 그런 날
앞으로 다시 올지도 모르지
아주 잠깐이라도

멀리서 기적소리
울리고 울리고
울리다
사라지고

대학 시절 만난 친구들 푸르렀던 벗들
처음 만나 인연 맺은 지 어느새 50년 세월.
그 새 몇 번이나 정말로 만났을까
스쳐 지나친 것 말고 그저 부딪친 것 말고
정말 만난 것처럼 찰지고 푸근하게 만난 것

몇 번이나 될까, 정말?

안정을 택한 친구들은 쉽사리 늙수그레해졌고
자유를 택한 친구는 가난에 쪼들려 피로하다.

50년 무심한 세월은 그저
바람처럼 지나갔을 뿐 쓸쓸한 바람처럼
헐겁게 지나갔을 뿐?
아니 그럴 리가…

모두 안녕들 하신지?
부디 안녕들 하시기를

부대찌개의 추억

황사바람보다 더 매서운 서쪽바람 몰아쳐 눈도 뜨지 못
하고 허우적거리던 시절, 부대찌개라는 음식 있었다. 미군
병사들께서
드시다 남기신
또는 버리신
이것저것에다
우리 주변에 널려있는 아무거나
이것저것 섞어
푹 끓인 정체불명의 수상한 음식
그 시절 우리 몰골이 꼭 부대찌개 같았다. 주린 배 채우
려고 허겁지겁, 이것도 아니고 저것도 아닌… 아무거면
어떠냐 먼저 먹는 놈이 임자.

무슨 재료든 좋다
고추장 진하게 풀고
고춧가루 팍팍 넣고
연탄불에 팔팔 끓이면
그게 우리 음식이지, 음식이 별 거더냐

잘 익은 신김치라도 숭덩숭덩 썰어 넣으면 더 좋지.
배 고픈데 무얼 가리랴, 없어서 못 먹지. 절박한 변명
무슨 재료든 오기만 해라, 무엇이든 우리 것으로 만들 수
있다. 그런 알량한 자존심
할리우드 영화 신나게 보고 커피 홀짝거리는 주제에 미
군 병사들께서 남기신 거라고 못 먹을 건 뭐냐, 이거야
말로 한미합작, 조화와 융합 아니냐. 얄궂은 망설임. 굿
거리장단 들려오는데…
제발 그걸 현대화라고 부르지 말라. 세계화라고 말하지
말아 달라.

햄버거 피자 먹으며 엉덩춤 추는 우리 젊은이들 아직도
부대찌개 먹나?
고추장 풀고, 고춧가루 팍팍 치면
정말 무엇이든 우리 것 되나?
미국보다 훨씬 더 미국 냄새 나는 서울 거리에서 햄버거
씹는 청춘에게 물으니 대답 참 간단하다.
그런 걸 뭐 하러 따져요, 골 때리게? 그냥 맛있게 먹으

면 되지!

그냥 맛있게 먹으면 되니까
세계화는 이미 이루어졌다?
부대찌개처럼…

우리의 청춘은 부대찌개처럼
펄펄 끓었다, 속절없이.

뒷모습

저물녘 어스름 사이로
내가 본 건 아마도
너의 뒷모습이었을 거야, 쓸쓸한
쓸쓸하지만 슬프지는 않은
네 뒷모습이었을 거야

곧 또 보세.

썩지 않는 바다는

바다는 썩지 않으려고
끊임없이 움직이며 노래하네
바다는 썩고 싶지 않아서
짜디 짜네.

나는 썩지 않기 위해 도대체 무얼 했나.

그저 게을러빠져 꼼짝도 않고
고이기만 해
썩은 냄새 요란한
가여운 웅덩이
그저 아무 탈 없이 편안하기만 바라며
겁쟁이로 요리저리 피하고 숨으며 비겁하게 살다가
꼼짝없이 고인물 되어
썩은 물비린내

모든 비겁한 것은 마침내 썩는다

쉬지 않고 움직이는
바다 멀거니 바라보며…

어린 시절 그 길

떠들썩하던 잔치는 끝나고
사람들 모두 다 떠나가 버리고
찬바람에 오색 깃발만
펄럭이는 황톳길 우리는 걸었다네

어린 시절 부르던 노래소리
문득 들려온다, 새소린가
나무가 부르는 건가

그 시절 우리 걷던 그 길
모두 다 없어져버렸네.
어떤 길은 아파트 정글로 변했고
어떤 길은 고속도로가 되어
들짐승마저 건너지 못하네.

그 황톳길이 희미하게나마
우리 가슴에 남아있다는 게
사뭇 신기하지.
부디 오래 오래 남아 머물기를.

봄나들이

때 아닌 봄 소나기 퍼붓더니
쌍무지개 떴다
비님 담뿍 오셨으니
이제 온 세상 눈 부시게 푸르르겠지

함께 봄나들이 갈 벗
어디 있나

사는 게 뭐 그리 뼈근했던지
마음 열고 퍼질러 앉아
흥겹게 노는 법 배우지 못 했네

어쩌다 판 벌어져도 마음껏 놀지 못하고
죄 짓는 것처럼 그저
불안하기만 했던 우리 세대

풀어줄 줄 모르고 한사코
단단히 묶어 조이기만 했던 마음다발

투박한 매듭투성이.
이제와 사랑하고 싶은데
사랑하는 법 몰라
마음 꽁꽁 묶여 엉켰으니

그래, 늦었지만 이제부터라도
마음 풀고 신나게 놀자
놀이는 밤놀이가 제일이라는데
밤 새워 동 틀 때까지

한가함

세상에 대해 아무것도
기대하지 말 것, 아무것도.
먼지처럼 하찮고 덧없으니

세상 물결타기 어쩐지 어지러워
뒷방물림 된 뒤로는
갑자기 한가하고 많이 쓸쓸하다
심심하지는 않지만 어쩐지 허전해
익숙해지려면 한참 걸리겠지
얼마나 걸리려나
한가한 것이 아름답다고 느낄 수 있으려면

세상에 대해
아무런 기대도 갖지 말 것
그래야 행복해진다고

얼룩

사랑 찢겨진 자리에 곰팡이처럼 눅진한
얼룩을
아름다운 고통이라 부르던
철없던 시절 내게도 있었지

세월 지난다고
모든 상처 아물고 흉터 없어지는 건
아니더라
한 세상 살아보니
새록새록 아파오는 상처가
더 많더라
한 세상 사노라니

끝내 쓸쓸하게

내가 아는 어떤 분은 정의감이 너무나 넘쳐흘러서 늘 피곤한데요. 걸핏하면 불끈 불타오르니 늘 뜨겁고 나른하지요. 내 아버지도 그렇게 걸핏하면 성냥불처럼 화르르 불타시다가, 나쁜 놈들 떵떵거리며 잘되는 세상, 죄 많은 놈 오히려 더 잘사는 세상 싫어서 등지더니 끝내 친구 하나 없이 쓸쓸하게 돌아가시고

그래도 나는 그런 이들을 존경해요. 그러지 않으면 한 세상 너무 억울하고 허망할 것만 같아서 끝끝내 사랑하기로 했는데요.

오늘도 아침 신문 펼치니
아아, 무정.

굿모닝이라는 아침 인사 도대체 누가 만들었는지 모르겠는데요.

그나저나 모두
안녕들 하신지요?
부디 안녕들 하시기를

신호등

빨간불에 얌전히 서서 기다리고 있는데
건너 편 신호등 파란불로 바뀌고…
그런데
위를 가리키는 파란색 화살표
뭐야,
올라가라는 건가?
어떻게 올라가라는 거지?

우회전 좌회전이야 화살표로
지시할 수 있다지만
앞으로 곧장 가라는 것은
그렇게밖에 표시할 수 없나보니
올라가라 저 위로…

그나저나
왜 빨간불에는 서고
파란불에는 가야하는 거지?

내 인생의 신호등은 지금?
조심조심 내려가라.

안경을 닦으며

아침 일찍 일어나
안경을 닦습니다,
마음 닦듯 정성껏, 기도하듯 경건하게
안경 닦으면,
무지개 같은 희망 보일지도 모르지요.
내내 행복할지도 모르지요.

일년 삼백육십오일 모든 날들이
정갈하게 행복하기를 꿈꾸며
간절히 닦노라면
세상 맑아질지도…

어느새 내 몸의 한 부분 되어버린
안경
부드럽게 휘어진 유리알을 통해
세상을 봅니다, 있는 그대로 정직하게…

꽃처럼 향기롭게 퍼져나가는 소리

구름처럼 무심으로 떠도는 자유
낙엽처럼 겸손하게 모두 버리고 내려놓기
바다처럼 깊고 드넓게 보듬어 껴안기

안경(眼鏡)은 눈(眼)의 거울(鏡)
세상과 나를 되비쳐보는 거울,
그 거울 깨끗하지 않으면, 세상 모든 것이…

렌즈 덕에, 초승달처럼 휘어진 유리알 덕에
저 아득히 먼 우주를 볼 수 있고
꼼지락거리는 세균도 볼 수 있지만…

혹시 속을지 몰라도
맑고 밝고 바르게 세상 보고 싶어,
때로는 물기 어려 흐릿하게 울렁이더라도
속지 않고 정직하게 세상 보고 싶어
안경을 닦습니다.

바르게 본다는 것.
옳게 사는 것.
하늘의 뜻 읽는 일.

하루하루 모든 날들이
정갈하고 반듯하고 아름답기를 꿈꾸며
아침 일찍 일어나
마음 모아 정성껏
안경을 닦습니다.

그림자

모든 그림자는 검다
흰둥이도 검둥이도 노랑둥이도
그림자는 모두 검다.

오른편도 왼편도 그림자는
부자도 가난한 이도
똑같이 검다

세월의 그림자도
검겠지

찬비 세차게 뿌린 세상
물에 젖어 축축한 그림자 보면
아리다. 모두 검다.
검어서 깊어서
그윽하다.

흐릿하고 짧은
내 마음 그림자
지난 세월.

잡초를 뽑다가

뒤뜰에서 잡초를 뽑는데
습관처럼 무심코 잡초를 뽑는데
풀냄새가 꽃내음보다 한결
싱그러워,
손 멈춘다. 비릿한 목숨냄새
나를 뽑지 마세요. 그냥 살 게 내버려두세요.
열심히 살고 있는데 왜 뽑아 던지나요.

둘러보니 어지럽네, 저마다 목숨냄새
무엇이 잡초이고 어떤 것이 잡초 아닌지
내가 심지 않은 건 다 잡초?
내가 원치 않는 건 모두 잡초?
그러면 나는?

사랑 깊은 이 말씀 들으니
내가 잡초라고 마구 뽑아버린 풀들이
알고 보면 저마다 쓸모 있는 먹을거리, 약초들
하나도 함부로 버릴 것 없다네

누군가 말했지
잡초는 없다*고

그러니
뽑을 수 없네
그 삶을 뽑아선 안 되네

나야말로
아무 쓸데없는 잡초일지 모르는데
부질없이 목숨 부지하는 잡초일 텐데
귀한 목숨 함부로 뽑을 수야 없지.

*철학자 농부 윤구병 선생의 말씀

나무는 시인

세상 모든 나무는 시인이다
그건 확실하다
곧은 나무도 굽은 나무도 죽어가는 나무도
모두 시인이다
그 노래 내가 제대로 알아듣지 못할 뿐

내 나이또래 나무들은
모두 당차고 속 깊다

겉으로 드러난 만큼
땅 아래 뻗은
뿌리

나무껍질은 태어날 때 그대로
죽을 때까지 간다지
죽어서도 눕지 않고
당당하게 서있는 나무들은

내 나이또래 나무들은
속절없이 슬픈 나이테 같은 것
속으로 새기며...

세상 모든 나무는 나의 스승이다
나이 먹을수록 더 왕성하게
척박할수록 더 우렁차게
잘 자란다는 나무는
내 스승이다
자주 인사 올리지 못해 송구스러워…

철들기

나이 아무리 먹어도 철들 줄 몰라
강한 지남철에도 붙지 않네

아마도
내 영혼의 무게는 깃털보다도 가볍겠지
그렇다고 마음껏 날지도 못하고

하지만
이제 와 새삼스레
어쩔 수도 없으니

어쩌면
철들지 않는 게 한결 나을지도 모르지

지은 죄 크고
부끄러운 것 가득하지만
그래도 이만하면 열심히는 살았지
그러면 됐지 뭐

그러니

나 죽거든

참으로 철없는 부탁이지만

활활 타오르는 뜨거운 불에 태워

뼛가루라도 조금 남거든

태평양 바다나 어느 모래사막이나

아니면

등 굽은 허름한 나무 밑에

훨훨 뿌려주시게나

매이지 않은 티끌이거나 아니면

거름이라도 되게…

사람 냄새

사람냄새란 말만 들어도
가슴 설레던 때가 있었다
좋은 냄새만 사람냄새라고
우기던 시절도 있었다.

사람도 짐승이라는 걸 알아버린
이젠 알겠다
아침 저녁 비누로 박박 씻어내고
바르고 뿌린 냄새는
사람냄새 아니라는 걸

내가 애타게 그리워하는 건
땀냄새 눈물냄새 숨냄새
마음냄새, 넋 냄새…
그런 사람냄새라는 걸

셋째 묶음
글자 풀이

말은 생각의 몸
글자는 말의 집
그 집 안 가만히 들여다보면
새콤달콤 고소한 뜻밖의 슬기

너와 나

너와 나
나는 밖으로 나가고
너는 안으로 들어가고

그러다 어디선가
만나겠지
들어가고 나가다가
언젠가

나와 너
나는 너를 맞이해 나가고
너는 내게로 들어오고

서있는 자리가 종잇장만큼 다를 뿐
형제처럼 닮은 나와 너
한 자리에 포개니
겹친 날개 옆에 선 십자가 하나

몸 맘

몸은 비록 지쳐 누워(ㅗ)도
마음만은 바로 서(ㅏ) 있어야 한다는
옛 어른들의 가르침
맘은 벽에 기대지도 않고
바닥에 닿지도 않아 자유롭고
몸은 내 바탕만한 바위를 들어올려
위태롭고 고단하네

우리말 우리글

엄마소리(母音)와 자식소리(子音) 어우러져야
비로소 말이 되네
참 깊은 우리말
처음소리 가운데소리 끝소리
삼대(三代)가 한데 모여 다정하게 살아야
의젓한 글자가 되네
사랑 담은 겨레글
아름다운 한글

말과 시

시(詩)는 말씀(言)의 절간(寺)일까?
향내 번지는 노래
엎드려 절하는 말씀.
아니면 절간의 말씀일까?
고요히 솟아오르는 춤사위
말없이 모든 것 통하는 말씀.

모르겠네, 아는 건 오로지
사람(人)의 말(言)은 곧
믿음(信)이어야 한다는 것.

생각과 뜻

생각(思)은 마음(心) 밭(田)에서 자라는 것
콩 심은 데 콩 나고 팥 심은 데 팥 나고.
뜻(意)은 마음(心)의 소리(音)
그러므로 옛 어른들 이르시기를
말하기 전에 세 번 생각하라(三思一言)
마음의 소리에 귀 기울여 진솔하라

바른 소리로

말씀(語)은 나(吾)의 뜻(言)을 담은 것
말씀은 나의 말이어야

주고받는 말(話)은
말(言)하는 혀(舌)의 움직임이니
세 치 혀를 조심할 것
칼날 되지 않도록.

세종대왕께서 이르시기를
바른 소리로 백성을 다스려 기른다(訓民正音)

옛 것

참으로 오랜 옛 것은
열(十) 개의 입(口)?
또는 입(口) 위에 십자가(十)?
관 위에 또는 무덤 위에 십자가?

아니지, 열 세대나 지난 오랜 시간...

태초에 말씀이 있었고
입이 많을수록 오래 가려진 좋은 뜻 나온다는 말
그러므로···

얼굴

얼굴은 얼의 꼴
얼 무너지니 얼굴 망가지고
얼 빠져

얼굴에 칼질하면
얼 토막 나겠지

쉬려거든

휴식(休息)이라는 말
나무에 기대어
스스로(自) 마음(心) 내려놓는 일
그래야 참으로
쉴 수 있으니
쉬려거든 우선
든든한 나무에 기대어

참기

참는다는 것
마음(心) 위에 칼(刀) 아슬아슬 세워지면
함부로 움직이지 말고 고요할 것.

사노라면
마음 겨누는 칼날 너무 많지만
고요하면 이기리라는 것
쉽지 않아도 잠시 꼼짝 말라는 것

움직이지 않으면 칼날 베지 못하니
그래서
사랑은 오래 참는 것…

근본

근본은 땅
땅에 든든하게 뿌리박은 나무(本)

문 안에 심은 나무는 한가해(閑)
울타리에 갇힌 나무는 곤란해(困)
사람도 꼭 마찬가지

나무들 모여 숲(林)
더욱 울창해 숲(森)
뿌리 깊게 내리고…

명품

그 유명하다는 명품 지갑
큰 마음 먹고 샀네
모두들 멋있다고 부러워하는데
그 멋진 지갑에 넣을
돈이 없네.

명품(名品)…
입 세 개(品)가 내내 떠들다가
저녁(夕)에는 잠시 밥 먹는 입(口)되어 잠잠하더니
밥 먹고 기운 차려
세 개의 입(品)이 다시 와글와글
그래서 명품(名品)

물 흐르듯

법(法)이라는 것
조금도 어려울 것 없어
물(水) 흘러가듯(去) 그렇게만 하면 되는 것.
물길 억지로 틀지 말고
꼭 그렇게 순리대로
낮은 곳으로 낮은 곳으로

상수도와 자동펌프와 정수기를 보면서도
물은 낮은 곳으로 흐른다고 할 수 있나?
물도 시대를 따라 그 본성이 바뀌는 건지
세게 당기는 쪽으로 끌려가고,
힘껏 빨아대는 곳으로 달려간다…!
아하! 그래서 법이 약하고 힘없는 이를 외면하고
강하고 힘 있는 무뢰한들 시종이 되기도 하는구나!
에너지가 순리인 이 시대에는…

하늘 소리

해님(日) 서실(立) 때 들리는 소리(音)
그래서 즐거운 소리(音樂)는
하늘의 맑고 고운 소리
해님과 새 해님 사이에 섰을 때
그 소리들 적막한 것은 어둠(暗)
쌀 많은 곳으로

삶의 터전 옮기(移)는 까닭은
벼(禾)가 많은(多) 곳을 찾아…
쌀(禾)이 입(口)에 들어가야 비로소
화(和)평하니, 쌀 많이 나는 곳 찾아…
공평하게 나누는 곳 평(平)화의 땅!

쌀 많은 곳으로

삶의 터전 옮기(移)는 까닭은
벼(禾)가 많은(多) 곳을 찾아…
쌀(禾)이 입(口)에 들어가야 비로소
화(和)평하니, 쌀 많이 나는 곳 찾아…
공평하게 나누는 곳 평(平)화의 땅!

십자가

흙(土)은 십자가 받드는 땅
왕(王)은 하늘과 땅 사이 이어주는 십자가

아침은 향기로워라

아침이 이토록 그윽하고 향기로운 건
밤이 캄캄하고 고요하고 깊기 때문.
무겁고 진한 어둠 속에서
온 누리 맑고 차가운 이슬로 세수하고
마음 깨끗이 닦으니
새들의 노래는 아마도 찬송이겠지,
나무들 기도하고 꽃들 저마다 춤추고
향기 멀리멀리 아주 멀리 은은하게…

아침(朝)이란 글자 쪼개보면
햇님(日)과 달님(月) 다정히 마주보고,
그리고 십자가 두 개.
햇님 아래 위로 십자가가 있는
깊은 뜻 머리 숙여 헤아리는
아침은 향기로워라.

향기 안에 담긴 그 말씀….

넷째 묶음
사람 풍경

그 어른의 원고뭉치
-위진록 선생의 자서전 원고뭉치를 보며

그 어른의 한 평생 촘촘히 담긴
자서전 원고뭉치 대하는 순간
어디선가 쿵~ 하는 소리 들리고
가슴 울컥, 한동안 먹먹했네.

차곡차곡 모은 파지 뒷면에 연필로 꾹꾹 눌러 쓴 원고
수천 장. 거기 담겨 있는 눈물과 웃음, 짙은 회한과 자
랑, 오래된 바위처럼 묵직한 울림. 쓰다가 울며 멈추고,
다시 쓰며 또 울먹인 자취, 멍하니 허공 바라보다 춤
추며 신바람 나게 달려간 연필 자국… 고스란히 담긴
원고뭉치.
그리고, 그 옆에 젊은 부인이 한 글자 한 구절 정성껏 타
이핑한 또 하나의 원고뭉치 얌전하게.
험한 세상 살다보면, 거기 그렇게 놓여 있는 것만으로도
품위와 무게 갖는 물건 있는 법이니, 한 사람의 평생 담
긴 자서전 원고뭉치가 그러하네. 읽지 않아도 원고뭉치
만으로도 많은 말 하네…

어릴 적 고향 떠나

바다 건너 하늘 넘어

이리저리 떠돌아다니며 살아온

기나 긴 타향살이에

어찌 굴곡 없으랴, 굽은 가지들

옹이인들 없으랴, 울퉁불퉁

웃음과 울음, 기쁨과 슬픔, 설레임과 괴로움

그리고 파도치는 외로움

온통 축축하다, 묵직하게 향기로운 원고뭉치.

문득 내다본 창 밖 풍경은 시간이 멈춘 듯 지극히 평화롭고 조용하지만, 짙은 세월의 주름살은 낮은 목소리로 노래하네, 그동안 만나 부대낀 사람들 냄새 자욱하게 번지네.

기나 긴 고백성사…

하느님, 저는 이런 길을 이렇게 터벅터벅 걸어 간신히 여기까지 왔나이다, 지난 날 되돌아보는 마음 이렇게 저리고 아립니다, 부디 성처 투성의 영혼을 어루만져주소서, 아버지.

집으로 돌아오는 길
꽉 막힌 프리웨이 찜통 같이 뜨거운 차 안에서
문득 바라본 노을은
아름다웠네, 장엄했네
한 사람의 한 평생처럼…

그리울 때는 그림으로…

-화가 김순련 선생을 그리며-

하늘나라에는
언제나 고운 꽃 흐드러지게
피어 있겠지요
그래서 무지개가 그렇게도
향기롭지요.

하늘나라에는
지금도 온갖 새들 춤추며 불러대는
노래소리 요란하겠지요
그래서 비가 내리면 그렇게도
반갑지요.

봄꽃 온누리에 가득하면
무척 그리워지겠지요, 보고 싶겠지요
새들 춤추며 노래하는 숲에 가면
문득 그리워 두리번거리겠지요.
가을 들녘 한가득 코스모스 하늘거리는 날
또는 나무들 모두 옷 벗고 잠들 무렵이면

또 사무치게 그리워서 울먹이겠지요.
한 평생 아름다움만 생각하며
소녀 같은 얼굴로 꽃처럼 수줍게 웃으며
그렇게 맑게 사셨으니,
이제 하늘나라에서 붓을 들어
마음껏 그리세요, 편안하게…

그리고
좋은 그림 만들어지면
무지개나 보슬비로
살며시 내려보내 주세요.
못내 그리울 때
살며시 꺼내볼 수 있도록…

그림은
그리움입니다.

아름다움은

온누리 덮을 만큼
넓고
아름다움은
죽음을 이길 만큼
깊지요.

그러니 부디
아름다움으로 영원토록
그림과 함께 살아 계시기를…

가끔 좋은 그림
내려보내 주시기를…

그림은
그리움입니다.

마음의 거울

-안경 장인(匠人) 김종영 회장

한 평생 안경을 만들며 살아왔네
오직 안경만 생각하며…

한 평생 오로지 한 가지 일에
모든 것 쏟아온 사람의 눈매는 맵지,
날선 불꽃 튀네.
하지만 은근하고 부드럽다네.

한 평생 한 가지만 생각하며
살아온 이는 움켜쥐는 손아귀 힘이 무척 세지,
하지만 손길은 고집스럽지만 따스하다네.

평생 안경을 만들며 살았네
안경 만들기는 결국 빛을 공손히 섬기는 일
아니, 빛의 춤사위에 안기는 일
빛의 진리에 겸손하게 순응하는 일.
굽을 줄 모르는 빛은 늘 말하네,
정직하라, 끝까지 끝까지 하라

이제
고갯마루에 서서, 지나온 길 되돌아보니
아련하고 애잔하네,
옹고집 하나로, 믿음 하나로 힘겹게 건너온
돌투성이 험한 길.
모래바람 거칠어도 눈물로 닦은 안경은
늘 맑게 반짝였지.
때로는 뜨거운 노여움 치밀어도
비바람 눈보라 사나워도
눈물로 닦은 안경은 잘 보였지.
눈물로 닦은 안경은 늘 편안했네.

젊은 시절 한 때는 겁도 없이
마음을 읽는 안경 만들고 싶어
들뜬 욕망에 안달한 적도 있었지
안경 쓰고도 들뜬 집착에
아무것도 못 보던 시절.
그러나 지금은…

외로움 가운데 깊어지는 것 있으니
모든 길은 결국
하나로 통하는 법

그렇게 나이 들어 이제
조금은 여유롭고 넉넉한 웃음
꽃 피고 물 흐르듯 자연스레…

가까이만 노려보지 않고
멀찍이서 바라볼 줄도 알게 된 지금,
본다는 것이 무엇인지
바르게 보는 일이 왜 소중한지
어렴풋이나마 깨우친 지금,
안경은 손끝이 아니라 마음으로 만들어야 한다는 것
그래야
참으로 좋은 안경 지을 수 있음을
희미하게나마 알게 된 이제
새삼스레 서두를 것 없네

하지만
맑고 밝은 눈으로 세상 바르게 보게 하고픈 꿈
멈출 수 없네, 멈출 수 없네

평생 안경을 만들며 살았네.
안경 만들기는 결국 빛의 소리 듣는 일
빛의 진리 겸손하게 섬겨 모시는 일.
몇 억 광년을 쉬지 않고 곧게 달려온 빛
굽을 줄 모르는 빛은 늘 말하네,
정직하라, 끝까지 끝까지 하라

빛을 생각하며
맑고 밝은 세상 꿈꾸는
꿈꾸러기의 눈에는
아주 작은 것도 보이지,
작은 풀꽃의 가녀린 흔들림에서
인생의 그림자 읽고 영혼의 소리 듣고…

한 곳만 응시하며 외골수로 살다보니
사람 사귀는 일 아무래도 부끄럽고 서툴러…

밝은 세상 꿈꾸는 꿈꾸러기의
서툰 사랑
안경 너머로
무지개 한 쌍.

책 만들기는 영혼 농사

-〈열화당〉 주인장 이기웅 발행인

정겨운 이야기 집(悅話堂) 주인장은
꼬장꼬장한 선비로 소문이 자자한데요,
두툼한 돋보기안경 쓰고도 모자라
책을 눈에다 바짝 가져다 대고
행간 촘촘히 읽는 모습이
영락없는 대쪽 선비지요.
그런데 스스로는 책 농사꾼이라고 한다는군요.

"쌀을 짓고 글을 쓰는 자들이야말로 선한 농부여야 하
고, 밥을 먹고 글을 읽는 자들이야말로 인류의 원초적 가
치를 깨달음으로 받아들여야 한다."
"너무나 척박한 황무지에서
말농사 글농사 짓기가 얼마나 조심스러운 일인가"

좋은 책, 살아있는 책 만들겠다고
모든 걸 던지다보니 자기도 모르게
고향의 검은 대나무를 닮아간다는군요.
책 속에서 영혼을 찾겠다고,

책 속에 영혼을 심겠다고…

"책을 내면 무서워요. 책은 귀하게 찍어야 해요. 책을
함부로 내지 말고 숙성시켜서 내야 해요."

즐거운 이야기 집(悅話堂) 주인장은
척 봐도 잘 안 팔릴 게 뻔한 책을
정성 들여 만들어놓고는 멋쩍게 웃어요.

"출판사는 돈을 버는 곳이 아니라 가치를 만드는 곳
이죠."
"한권의 책이라도 제대로 만들어서 그 책이 다른 책을
낳게 만들고 싶다"

그게 바로 어머니 책이라는 거예요,
어미 책이 튼실하고 정직해야
좋은 새끼를 친다는 이야기지요.
책은 그저 단순한 인쇄물이 아니라는 이야기

그래서는 안 된다는 고집.

정겨운 이야기 집 주인장은
낭창낭창 가느다란 몸으로
아무것도 안 하는 것처럼 아무렇지도 않게
큰일을 해내곤 하는데요,
무슨 단지를 만들었다기에
고추장 단지처럼 아담한 건가 했더니
책 펴내는 사람들을 드넓은 벌판에다
불러 모아 옹기종기 다정하게…

거기서 사람들이 무슨 북 소리 잔치라는 걸 열고는
온갖 북을 모아 늘어놓고 두둥둥 둥둥 치데요
신명나게 덩기덩기 덕꿍 결판지게 두둥둥
하긴 뭐 그 북이나 이 북이나
사람 마음 둥둥 울리기는 마찬가지라는 걸
진즉에 알았다는 이야기지요.
그 잔치판을 뒤에서 슬그머니 바라만 보는 거예요.

본디 마당 편 사람은 나서지 않는 법이죠.
정말 착하고 마음 밝은 책 농사꾼다워요.

정겨운 이야기 집 주인장을
언젠가 꿈속에서 얼핏 뵈었는데요…
어느 울창한 숲이었어요,
나무마다 공손히 허리 굽혀 절하며
미안합니다, 죄송합니다, 얼마나 아프십니까
좋은 책 만들어 보답하겠습니다,
미안합니다, 죄송합니다, 미안합니다
영혼의 책 만들어 속죄하겠습니다,
그렇게 절하고 또 하며 온 숲속을 헤매 다니는 거예요,
빈 터마다 작은 묘목 정성껏 심으면서…

책 만들면서 나무에게 그렇게 미안해하는 그 양반
나중에 틀림없이 별이 되겠지요,
책처럼 한 장 한 장 넘기며 볼 수 있는 별.
샛별처럼 초롱초롱 반짝이는 손길로

밤마다 나무등걸 부드럽게 쓰다듬으며
조금만 기다려주세요, 좋은 책 꼭 만들겠습니다
영혼의 책 만들어 보답하겠습니다
나무 쓰다듬으며 그렇게…

"말이 서야 집안이 선다.
책이 바로 서야 나라가 바로 선다"는
할아버지 말씀 되새기며
마음 가다듬고 옷깃 여미겠지요.
그래서 하늘의 별들이
똑바로 서있는 거예요.

* 따옴표 안의 말들은 이기웅 사장의 글이나 인터뷰 기사에서
따온 것이다.

숲, 축축한 그림자

-화가 현혜명의 숲 그림을 보며

이를테면 우리네 인생살이가 다 그런 건가요?
노랫소리 힘들고 지쳐 마음속에서만 맴돌 뿐
목을 넘어와 소리 되지 못하고,
기도는 축축하게 젖어서 가라앉기만 할 때
정처 없이 떠나는 길…

문득 돌아보니 어느새
아늑한 숲.
그 한 가녘에 서있네요, 우두커니.

숲은
나의
예배당

제 노래 들어보셨나요?
바스라진 목소리로 낮게 머뭇머뭇 부르는 노래.
제 기도 들어보셨나요?
두서없이 어물어물 헤매기만 하는 기도.

온갖 꽃들 다투어 피어나는 들판을 지나
숲으로, 숲에서 섬으로, 축축한
내 나라 남쪽 끝 작은 섬에서
다시 바람 서늘한 숲으로⋯

숲속 헤매 다니느라 축축하게 지쳤을 때
당신의 그림자 보았어요.
바람처럼 없는 듯 얼핏 스쳐지나갔지만
너그러운 냄새로 알았지요, 당신인줄⋯

바람 잘 통하는 서늘한 숲 한가운데
새들 노래하고, 산딸기 달콤해요
구름 무심하게 지나가고, 벌레들마저 귀엽죠
모든 것 싱싱하게 살아있으니까요.
거기서 당신을 만나요. 고마워요.

지치고 외로워서 잠시 잠들었을 때
살며시 풀잎이불 덮어주신 것도

당신이었죠? 따스한 체온으로 알았어요.
고맙다는 말도 미처 못 했네요. 미안해요.

떠나 사는 세월 길어질수록
누추하고 축축하게 젖어
어릴 적 나무들, 그 시절 숲이
새록새록 그리워요, 사무치게.
때로는 눈가 축축해져 시야 온통 흐릿하고
어릴 때 부르던 노래 떠오르네요.

"언덕 위에 느티나무 한 그루
너는 혼자 쓸쓸하겠다.
나는 네 친구, 너는 내 동무" *

그래요, 세상의 모든 나무는 다 귀하지요
나무들에겐 세월도 국경도 없으니까요.
그래요. 제가 그리는 작은 나무들은
노래예요, 기도예요.

들리세요?
노래가 거칠고, 기도가 서툴러서 죄송해요.
그래도 웃으며 들어주실 줄로 믿고
헐벗은 마음으로 그려요.

날이 갈수록 눈물이 헤퍼지는 건
나이 탓만은 아닐 거예요
타향살이 탓만도 아니지요
그러니까 그건…

숲 속 헤집으며 두런거리는 바람에게
기도하는 법 배웠어요.
그냥 정성으로 하면 돼!
꾸미지 마, 고개 숙여!

제가 그린 숲의 나무들은
그냥 나무예요.
소나무도 도토리나무도 박달나무도 아닌

그냥 나무예요. 이름도 없고 국경도 없는
고유명사가 아닌 그냥 나무들…
그냥나무란 말 아시겠어요?
그냥나무는 모든 나무예요. 그러니 이름일랑 묻지 마
세요.
한 가지 나무만 사는 그런 숲은 없거든요
그래서 그냥나무를 그려요.

어릴 적 뛰어다니며 숨바꼭질 하던
숲 속의 따스한 나무들…
가만히 귀 기울이면 뿌리에서
물 끌어 올리는 소리 들리는
풋풋한 생명냄새 싱그러운
가지마다 가늘게 흔들리며 노래하고
잎사귀마다 햇살 받으며 수줍게 춤추는…
쉬어가는 구름의 잠꼬대 소리,
밤이면 개똥벌레 빛 반주로 귀뚜라미 노래 들리는
그냥 나무들, 그냥나무들

우리네 삶 닮은…

그래요, 제가 그리는 나무들은
당신에게 드리는
노래예요, 기도예요
아버지.

밤의 숲은 참 황홀해요.
달빛은 공평하게 따스하게 정겹게
잠든 나무들 하나 하나 쓰다듬고
무거운 어둠은
잘생긴 나무도 좀 못생긴 나무도
똑같이
축축한 그림자로 만들어요.

아, 세상에 못생긴 나무란 없어요,
단 한 그루도 없어요.
한 구석에 외롭게 웅크리고 있는

키 작고 등 굽은 나무는
더 사랑스러워요.

색깔을 감춘 나무들의 세상은
깊고 거룩하지요
그 신령한 그늘…

아, 저기 희미하게 반짝이는 건
밤 이슬이예요, 수줍은…
눈물이 아니예요.

숲에 안겨 있노라면
사람도 본디는 식물이었을 거라는 생각이 들어요.
저만이라도
나무 같은
식물이었으면… 될 수만 있다면
식물성 인간이 되었으면 좋겠어요,
아버지.

숲과 하나 되었으면 좋겠어요.

숲은
나의
예배당.

아버지 만나
노래 부르고 기도드리는
예배당이에요
아버지.

*극작가 최요안 선생의 방송극 주제가의 가사

딱 한 잔만 더
-깊이 잠든 벗 김용만에게

걸핏하면 사람이 그리워지는 건
아마도 나이탓이겠지

날 저물녘 서쪽하늘 불콰해질 무렵이면
네 전화를 기다린다
어이, 간단하게 한 잔 어때?

서울시 나성구 스산한 이 골목 저 거리
허름한 술집들 순례하며 어지간히도
마셔댔지.
목마른 나그네 샘물 퍼마시듯 술을 그렇게
맛있게 먹는 네 모습이 내 눈에는 그저
신기하기만 했다
임꺽정이나 장길산이라도 된 듯
호탕하게 퍼마시는 네 모습이
술잔 사이로 얼핏 스쳐가는 외로움이나 노여움…

흥겨운 술동무가 되어주지 못해

미안해.

이제 그만 가자고 일어서면 너는 외쳤지
한 잔만 더, 딱 한 잔만 더!

너는 신나게 마시며 왁자지껄 떠들어대고
나는 술 못 이겨 꾸벅꾸벅 졸고
그렇게 술집 문 닫을 때까지…
얼큰하게 취해 휘청거리며
헤어지기 아쉬워
어디 가서 한 잔만 더 하자, 딱 한 잔만 더!

좋은 술동무가 되어주지 못해
미안해.

그 망할 놈의 딱 한 잔만 더 때문에
네가 죽었다고 사람들은 말하지만
술 때문에 네가 죽은 건 아니라는 걸

나는 안다.

네 야윈 등에 꽂힌 비수가 부르르 떠는 걸
희미한 피비린내가 유행가처럼 흐느끼는 걸
호탕하게 껄껄거리는 네 웃음이 물에 젖는 걸
나는 똑똑히 봤다.

나는 안다.
너는 술 때문에 죽은 게 아니다.

공무원살이가 감옥살이 같았겠지
자유를 꿈꾸는 예술가가
여리디 여린 음악가가
밥벌이를 위해 공무원살이를 한다는 건
우리에 갇힌 맹수의 아득한 몸부림 같은 것

"예술을 밥벌이 수단으로 삼아선 안 되느니라"
옛 어른들의 말씀 시리고 아프고 저리니

술이라도 마셔야지, 술이라도

언제였던가
한미 우호를 다지는 엄숙한 행사에서
감히 '난닝구' 바람으로 미국국가를 지휘했던
너의 노여움을 기억한다.
우리 악기로 연주한 미국국가가
어떤 가락이었던지는 가물가물하지만
   '난닝구' 바람으로 미국국가를 지휘한
너의…

어떤 사람이건 처음 만난 지 5분 이내에
형 동생 하며 말을 트고
일부러 큰 소리로 욕지거리 내뱉으며
키들거리던 너의 외로움
고드름처럼 차겁게 녹아내리던…

음악은 숙명이고, 연극은 운명이고

드디어는 멋진 영화배우가 되겠다는
부푼 꿈도 단 몇 편으로 스러지고…
네가 나온 영화 제목이 뭐였더라?
그 섬에 가고 싶다, 초록물고기,
아름다운 청년 전태일… 그리고
텔레비전 드라마에도 나왔던가?

돈이 지배하는 비정한 세상에서
시리게 슬프면서 즐거운 척 웃어제끼는
위장술은 더 이상 통하지 않는다.

그러니
술이라도 마셔야지, 술이라도.

모두들 잠든 깊은 새벽, 어지간히 취해서
소주 사들고 찾아간 친구집에서
매몰차게 쫓겨나던
네 일그러진 그림자를 기억한다

홀로 선 밤거리는 춥고
황량하게 울었지, 네 마음처럼

네가 술 때문에 죽은 건
아니다

이제와 그런 걸 따져서 뭐 하랴만
그래도 자꾸만 따져보고 싶어진다
이 풍진 세상에서 예술가란 무엇인가?
어떻게 살아야 하는 건가?
도대체?

세상이 널 목 졸라 죽였다는 걸
나는 안다
너의 쓸쓸한 죽음은 분명히
타살이다,
우리 모두가 가해자인…

너를 죽인
그 세상 하나도 변하지 않았다
날마다 더 천박하고 잔인해져간다.
살아남은 자들은 비굴하게 눈치 보며 둔해지고
부끄러움 모르고 뻔뻔스러워지고
아무것도 못 본 척 비겁하게 고개 돌리며 숨고

세상이 널 죽였다는 걸 나는 안다
너의 쓸쓸한 죽음은 분명히 타살이다,
우리 모두가 공범자인…

고향에서 눈 감았으니 그나마 편했을까
아니지
늙으신 어머니 남겨두고 떠나는 마음
오죽했으랴

친구의 아내는 아직도 뼈 항아리
집에 두고 아침 저녁으로 만난다

바스라진 한 삶 안타까워
그리움 사무쳐…

잘 자게, 친구
아름다운 영혼들 겨울잠 자듯
죽은 듯 푹 자게
그리고
곧 깨어나게
우리 언젠가 다시 만나리니
만나서 원 없이 마시자. <*>